ADOLPHE DU MAZET

DÉSILLUSIONS

POÉSIES

MARSEILLE

IMPRIMERIE DE JOSEPH CLAPPIER

Rue Saint-Ferréol, 27.

1862

DÉSILLUSIONS

ADOLPHE DU MAZET

DÉSILLUSIONS

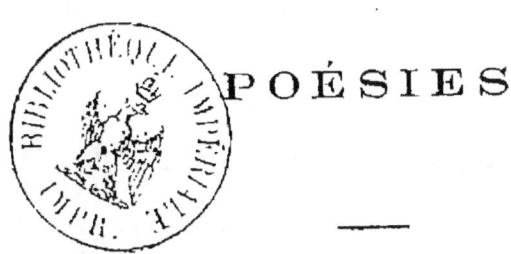

POÉSIES

MARSEILLE

IMPRIMERIE DE JOSEPH CLAPPIER

Rue Saint-Ferréol, 27.

1862

Ces vers sont l'œuvre d'un tout jeune homme. L'auteur les a écrits avant vingt ans et, après les avoir laissé dormir un an ou deux dans son portefeuille, il se décide aujourd'hui à les livrer au public. Peutêtre eut-il mieux fait de ne pas troubler leur repos.

Aucune idée d'ordre n'a présidé à son ouvrage. Quand son âme a été impressionnée par une émotion douce ou cruelle il a pris la plume et a écrit. Qu'on ne cherche donc aucune pensée suivie dans ses vers :

on n'en trouverait pas. Il a écrit pour écrire, il a chanté pour chanter, il a pleuré pour pleurer.

Je ne parlerai pas des défauts nombreux qu'on pourra reprocher, avec raison, à ces quelques pages ; je ne chercherai pas à les atténuer, je dirai seulement qu'il en est du Poète comme du jeune enfant, ses premiers pas sont toujours indécis et mal assurés.

DÉSILLUSIONS

AU LECTEUR

Celui qui fit ces vers ne fut pas un grand sage,
Tu le verras, bien sûr, si tu vas en avant,
Mais pour ce, cher lecteur, arme-toi de courage
Et surtout il est bon que tu sois indulgent.

Tu trouveras chez lui beaucoup de verbiage,
Son style est inégal et même incohérent.
Pour fléchir ta rigueur il t'offre son jeune âge
Et te donne son cœur à défaut de talent.

Sans doute il eut mieux fait de laisser là sa plume
Et de ne pas toucher à ce feu qui consume !
— C'était dans son destin ! — Semblable au papillon

Qui vient brûler son aile au foyer qui l'attire .
Il est venu croyant faire vibrer la lyre,
Mais hélas! l'instrument n'a pas rendu de son!

LE SOUVENIR.

I.

Que ton pouvoir est grand, ô sainte Poésie,
Fille de la douleur, sœur de la rêverie !
Que tes accents sont doux et puissants sur le cœur
De l'homme fatigué qui renonce à l'erreur !
Quand il pleure tu viens et ta douce présence
Dissipe son chagrin, le berce d'espérance.
En un songe doré tu changes son sommeil
Et le matin encor il te trouve au réveil !

Pour le recueillement ta parole est touchante,
Pour les chants et l'amour ta voix est enivrante,
Enfin tu charmes tout et par toi le plaisir
Encor longtemps après laisse le souvenir !

Souvenir, souvenir qu'es-tu sur cette terre ?
Ta mission vers-nous est pleine de mystère.
Le ciel t'envoya-t-il pour punir les mortels
De leurs désirs impurs, de leurs vœux criminels
Et t'attachant au cœur, comme l'herbe à la roche,
Voulût-il te laisser comme un vivant reproche ?

Ou bien a-t-il voulu te donner au malheur
Pour soulager ses maux, baume réparateur
Qui sait rendre à la vie une âme désolée
Au souvenir si cher d'une amour envolée ?

Lueur du temps passé, rayon d'un autre ciel
Ta chaleur pour mon âme à la douceur du miel !

J'aime à te caresser car ta douce chimère

Chasse tous mes soucis et dore ma misère.

Par toi je me revois faible et chétif enfant

Dans ce monde apporté sur un flot inconstant.

Je me vois tout petit courant sous la charmille,

Cherchant comme un trésor cet insecte qui brille,

Et m'endormant le soir, en regardant aux cieux,

L'azur du firmament chargé de mille feux !

Ah ! toujours avec joie on pense à son enfance,

A ce temps de gaîté, ce temps d'insouciance

Où les grandes fureurs veulent, pour s'apaiser,

Le souris d'une mère avec son doux baiser !

Mais qu'il est prompt à fuir ce temps qui dans la vie

Exhale son parfum de candeur infinie !

Et qu'on arrive vite à cet âge où le cœur

Comme un oiseau blessé palpite de douleur !

Enfants ! heureux enfants, gardez votre jeunesse

Ou retournez aux cieux avant l'âge où l'on cesse

De croire à l'amitié, de croire au dévoûment ;

Partez ! car ces vertus sont au ciel seulement !

Moi je fus moins heureux, je restai sur la terre
Et j'en connus bientôt la hideuse misère.
Mais mon œil vers la nue aimait à s'élever
Et l'on est moins à plaindre alors qu'on peut rêver.

II

Longtemps après, perdu sur la mer en furie,
Un vaisseau démâté râlait son agonie ;
La vague à chaque instant venait se dérouler
Sur sa carène nue et prête à s'écrouler ;
La nuit l'enveloppait de ses noires ténèbres
Que déchirait l'éclair de ses lueurs funèbres.
Les matelots mêlaient les cris de leur fureur
Aux voix des passagers tremblantes de terreur:
Puis, au-dessus de tout, le fracas du tonnerre
Et les sourds grondements de la mer en colère.

Le navire coulait..... c'était horrible a voir ;
Partout de cris de mort , des cris de désespoir !
Un eut dit de démons une cohorte immonde
Poussant les hurlements d'une rage profonde !
Mais soudain tout cessa. ... Le vaisseau s'entrouvrit
Formant un gouffre affreux que la mer recouvrit !...

De tous les passagers que portait le navire
Deux seuls furent sauvés , rien que deux pour redire
La tempête et la fin du trois-mâts le *Grand Roi*
L'un un vieux matelot et l'autre.... c'était moi.

Nous fûmes recueillis par un brick d'Angleterre
Qui voguait doucement vers cette noble terre
Que Colomb découvrit.... Pays d'enchantements,
De paresse, d'amour, de fleurs, d'énivrements
J'aimerais tes forêts et tes plaines immenses,
Tes golfes parfumés de suaves essences ,
Tes nocturnes concerts , tes lointains horizons.
Si le sang indien n'eut rougi tes sillons!

Ah ! qu'avais-tu donc fait , malheureuse Amérique ,
Ce jour où Dieu poussa vers ton ciel magnifique
Ces hommes au cœur dur , venus de l'orient
Pour te porter des fers comme on porte un présent ?

III

Après un court séjour sur ce brûlant rivage
Je revis ma patrie et son sol toujours vert.
Lorsque je debarquai le ciel était couvert
Et la mer tristement expirait sur la plage !

Je revis mes amis, ceux dont le souvenir
Durant ma longue absence avait rempli mon âme ;
Je revis la maison qui m'avait vu grandir
Et je te rencontrai.... démon plutôt que femme !
Ah ! fallait-il si tôt commencer à souffrir !

Dans ce pays si doux de la zône torride

Où l'air est plus léger , où l'onde est plus limpide ,

Sous ces voutes d'azur qu'inonde le soleil

Croît un arbre (*) perfide à nul-autre pareil.

Son feuillage répand une odeur balsamique

Et ses bras enlacés forment un vert portique.

Malheur à l'étranger que son aspect séduit !

S'il se couche à son ombre et savoure son fruit,

Il s'endort sans penser, en ferment la paupière ,

Que l'heure qui s'envole est son heure dernière !

Plus belle que ce fruit je l'aperçus un jour

Et dès que je la vis je l'aimai comme on aime .

Alors qu'on à vingt ans et qu'on croit à l'amour !

Elle fut tout pour moi, mon Dieu, mon bien suprême

Et longtemps sur son sein je dormis plein d'espoir !

Que j'aimais mon sommeil ! Mais, cruel désespoir,

Le réveil fut affreux et depuis, la souffrance

(*) Le Mancenillier.

De mon cœur pour toujours à banni l'espérance !

Condamné maintenant à sans cesse gémir

Je vois sans y songer s'écouler ma jeunesse,

Mais malgré ma douleur et ma noire tristesse

Je suis heureux encor, car j'ai le *Souvenir*.

DÉSIRS

Quand je veux, fatigué de sa rigueur cruelle,
    Fuir loin de mes amours,
Un vague sentiment à ses pieds me rappelle,
    Me rappelle toujours.

Et toujours je reviens pour soupirer sans cesse
    A ses pieds orgueilleux,
Et son cœur que ne peut adoucir ma tendresse
    N'est que plus dédaigneux.

2

Suaves sont des yeux plus limpides que l'onde,
Mais malheur à celui
Qui, las de se trouver isolé par le monde
Leur demande un appui !

Moins tendre est le regard de la faible gazelle
Et moins douce est la voix
De l'oiseau fredonnant sa triste ritournelle
A l'ombre de nos bois.

Que de bonheur promet sa lèvre purpurine
Et son col gracieux
Son col qui sur son sein légèrement s'incline
Souple et voluptueux.

Mais pour moi ces attraits augmentent ma souffrance
Et je fuis ces plaisirs,
Car je sens dans mon cœur croître avec l'espérance
Croître aussi mes désirs !

LE LAI D'AMOUR

De ce manoir aimable chatelaine,
Au ménestrel qui va par le chemin
Chantant toujours sa douleur et sa peine,
Jetez ce mot qu'il vous demande en vain !
Gardant encore un rayon d'espérance,
Si son amour vous implore à genoux
Serez-vous sourde à ses cris de souffrance,
L'entendrez-vous ?

Triste et rêveur il soupire sans cesse

Et de son luth en sons mélodieux ,

Comme l'encens la douleur qui l'oppresse

S'exhale en l'air et monte jusqu'aux cieux.

Vous comparant à la Vierge Marie ,

S'il dit à tous que vos yeux sont plus doux ,

En écoutant sa tendre rêverie

        Le croirez-vous ?

Tant qu'il vivra votre image charmante

Régnera seule en son cœur désolé ,

Et loin de vous, dans ses longs jours d'attente

Il pleurera comme un pauvre exilé.

Puis quand la mort froide et décolorée,

Enfin l'aura fait plier sous ses coups ,

En apprenant sa fin prématurée

        L'aimerez-vous?

LA PREMIÈRE DÉCEPTION D'ARNOLD

Jeune et l'esprit rêveur il était seul au monde
Vivant au jour le jour sans souci ni douleur.
Il croyait à l'amour car nulle tête blonde
N'était venue encor pour torturer son cœur.
Il allait en chantant au-devant de la vie
Qui s'ouvrait devant lui belle de mille attraits ;
Le plaisir l'attirait et son âme ravie
Eut pu douter de Dieu mais du Destin.... jamais.
Passant des jours entiers à suivre dans sa tête

Le vol capricieux d'un rêve séduisant,
Parfois il soupirait car son cœur de Poète
Offrait à son regard plus d'un tableau riant.
Tout le fesait rêver : l'enfant qui balbutie
Dans les bras de sa mère un premier mot d'amour,
Le vieillard qui s'en va, fatigué de la vie
Et pressé d'arriver à l'éternel séjour ;
La fleur qui, sur sa tige, au souffle de la brise
Abandonne le soir son parfum le plus pur,
La source qui s'enfuit, le ver luisant qui glisse,
Le papillon doré, le moucheron d'azur !

Quoique tout jeune encor bien des profils de femme
Dans un trouble charmant avaient jeté son cœur ;
Mais il n'avait osé leur peindre de son âme
Les pudiques désirs et la naissante ardeur.

Or, un soir qu'il errait au gré de son caprice
En passant il entra, sans trop savoir pourquoi,

Sous le porche moussu d'un antique édifice ,

D'un vieux temple construit aux beaux jours de la foi.

C'était l'heure où l'on dit la dernière prière

Et des femmes en foule à genoux sur la pierre

Mêlaient leurs douces voix aux cantiques pieux

Qu'on chantait en l'honneur de la reine des cieux.

Debout devant l'autel un prêtre vénérable

Sur le peuple élevait l'image du Très-Haut

Pour bénir à la fois le juste et le coupable

Et demander à Dieu les grâces qu'il nous faut.

Les grands lustres d'argent de leur pâle lumière

Eclairaient à demi ces fronts que la prière

Rendait plus doux encor.... Ah! la femme à genoux

Semble un ange du ciel égaré parmi nous !

Arnold près d'un pilier écoutait en silence

Ces chants harmonieux, saints comme l'espérance ,

Ces chants qui l'exaltaient en lui parlant des cieux

Et son cœur s'emplissait de songes vaporeux.

Qu'aurait-il donc pensé dans son touchant délire
Si quelque froid railleur au cynique sourire
Fut venu tout-à-coup le prendre par le bras
Et se pencher sur lui pour lui dire tout bas :

« — Ces femmes que tu vois dans cet humble posture

« Priant avec ferveur ainsi qu'un chérubin,

« Ces femmes dont la voix mélodieuse et pure

« Emplit ton jeune cœur d'une ivresse sans fin;

« Ces femmes qui pour toi sont plus douces qu'un rêve

« Plus chastes que la vierge et dont l'hymne soulève

« Dans ton âme éplorée un tendre sentiment ,

« Cachent sous les dehors de leur recueillement

« Un esprit sillonné de plus noires pensées ?...

Il ne l'aurait pas cru , car l'on ne croit au mal
Que lorsque dans le cœur les douleurs entassées
Ont chassé pour toujours le céleste Idéal.
Il ne l'aurait pas cru car pour cette belle âme
Tout n'était que parfum, tout souriait en lui,

Il croyait au bonheur , il croyait à la femme....
Chimères d'un instant pourquoi l'avez-vous fui !

Mais les chants ont cessé ; des fidèles la foule
Hors du saint monument en silence s'écoule.
La nef auparavant brillante de clarté
Retombe tout-à-coup dans son obscurité.

Arnold sans mouvement, comme privé de vie
Continuait toujours sa douce rêverie....
. . . .
Il fut resté longtemps seul dans ses visions
Qui réchauffaient son cœur de leurs brulants rayons
Si son œil, par hazard, n'eut entrevu dans l'ombre
Une femme voilée. Un shall de couleur sombre
La couvrait en entier. Elle courbait son front
Si bas, que l'on eut dit, en passant auprès d'elle
Un cygne au galbe pur replié sous son aile
Et se laissant aller sur une onde sans fond.

Ce gracieux tableau , dans l'âme du jeune homme

S'harmoniait si bien à ses secrets pensers

Qu'il crut voir devant lui le séduisant fantôme

Qu'en son cœur amoureux il couvrait de baisers.

Doucement entraîné par l'appas du mystère

Il se prit à rêver un chimérique amour,

Un amour idéal et lorsque l'étrangère

Se leva pour sortir, il sortit à son tour.

— Dans la rue, en passant contre la devanture

D'un riche magasin, il put apercevoir

Les yeux de l'inconnue et sa douce figure

Recouverte à moitié par un long voile noir.

C'était une beauté comme sur cette terre

On en voit peu souvent. Un artiste amoureux

De la forme et de l'art n'eut pas pu rêver mieux

Dans ses moments d'extase hélas! trop éphémère!

Comme son ombre, Arnold, la suivait pas à pas

La couvant du regard et déjà dans son âme

Il pensait au bonheur qu'une pareille femme
Donnerait à l'amant endormi dans ses bras.

Mais elle disparut sous une voute sombre
Et le bruit de ses pas fut se perdre dans l'ombre.

Arnold se voyant seul se prit à soupirer
Et, pensif, il revint vers sa pauvre demeure.
Avant de se coucher il rêva plus d'une heure
Comme rêve un enfant qui sait encor pleurer !
Sans cesse il invoquait la poétique image
Que le ciel, croyait-il, amenait sur ses pas ;
Il la voyait toujours avec son doux visage.
Se pencher sur son front et lui tendre les bras.
.Il lui donnait ces noms qu'invente la tendresse,
Ces noms toujours nouveaux et que dans son ivresse,
Lorsque la volupté fait palpiter son cœur,
Un amant balbutie aux pieds de sa maîtresse.
— Ah ! qui n'a pas connu ces heures de bonheur

Où l'homme qui soupire au souvenir d'un ange,
Sur son sein croît gouter un plaisir sans mélange ?

Le lendemain , Arnold , distrait et soucieux ,
Promenait ses pensers au dehors de la ville
Dans un endroit planté de grands arbres ombreux
Bien connu des oisifs et des gueux sans asile.
De paisibles bourgeois, de rieurs jeunes gens
Passaient à ses côtés, le croisaient en tous sens ;
Mais lui ne voyait rien ; il pensait à la femme
Dont le doux souvenir régnait seul en son âme.
Il aimait à l'orner des plus belles vertus ,
Il en fesait un Dieu , peut-être même plus.

Mais voilà que des voix viennent à ses oreilles
Bourdonnant comme fait une ruche d'abeilles.
— Tiens voyez, disait-on, encore cette Stella,
Quel tapage, mon Dieu, fait cette fille là !

Reveillé brusquement, Arnold tourna la tête.

Sur les moëlleux coussins d'un léger phaëton
Une femme passait.... Ah ! le cœur du Poète
Fut labouré soudain d'un horrible sillon !.....

.   .   .   .   , ...

Il avait reconnu dans cette courtisane,
La beauté si touchante à laquelle il rêvait,
Eloignant loin de lui tout sentiment profane
Pour suivre dans son sein l'amour qui s'élèvait.
Quel coup pour sa candeur, quelle affreuse blessure
Son âme recevait au défaut de l'armure !
La femme qui la veille avait séduit son cœur
Lorsqu'il la contemplait à genoux sur la dalle,
Inclinant son beau front sous les pieds du Seigneur,
De l'impure Laïs n'était qu'une rivale !
Des larmes de regret vinrent mouiller ses yeux ,
Il pleura son beau rêve et sa douce chimère,
Ses rêves d'une nuit, ses rêves amoureux ,
Puis, s'en prenant à tout, au ciel comme à la terre :

« Mon Dieu ! s'écria-t-il , pourquoi voulûtes-vous.

« Que le vice hideux put singer l'innocence ,

« S'ils se ressemblent tant , comment donc saurons-nous

« Distinguer la vertu de la vile impudence ?...

LE CIMETIERE ARABE

Sur les bords parfumés de cette mer riante
Qui chante sa chanson sur les rives d'Alger,
Non loin de la cité, sur la plage écumante
Il est un bois touffu qu'embaume l'oranger,
Là, sous d'épais massifs de jasmins et de roses
Qui servent de refuge aux oiseaux gazouilleurs,
Reposent pour toujours dans des tombes bien closes
Des hommes dont les yeux ne versent plus de pleurs.
Combien a-t-il fallu de douleurs et de larmes
A ces pauvres croyants pour en arriver là!

Que de nuits sans sommeil, que de jours pleins d'alarmes
Ils ont dû traverser pour attendrir Allah !
Mais leur peine est passée !... Azraël (*) dans sa course
A rencontré leur toit du bonheur délaissé ;
Comme le voyageur se penche sur la source
Il s'est penché sur eux et leurs maux ont cessé !   .

Depuis ce jour heureux ils dorment sous l'ombrage
Qu'agite quelquefois la brise de la mer ,
Et demeurent muets à deux pas du rivage
Quand l'océan se tord comme un damné d'enfer.

Parfois, si du soleil la brûlante caresse
Fait chercher la fraîcheur des ruisseaux et des bois,
Dans ces bosquets remplis d'une douce tristesse
Des promeneurs nombreux font entendre leurs voix.
Car le champ du repos est aimé par le maure ,
Il aime à se trouver auprès de ses aieux,

(*) L'ange de la mort.

À rester avec eux sous le vieux sycomore
Immobile et pensif en regardant les cieux.
Il aime sur la tombe où repose son père
A venir chaque jour méditer à loisir.
Il apprend de la mort combien est éphémère
Le bonheur d'ici-bas qu'un instant voit finir.
Puis il pense au Prophète, à la vie éternelle,
Aux vives voluptés qui l'attendent aux cieux,
Lorsqu'il aura laissé sa dépouille mortelle,
Et, quand la nuit s'approche il s'en va plus heureux !

La jeune mère aussi vient avec son esclave
S'asseoir sous les lauriers d'un tertre vénéré
Et raconte à son fils, pour qu'il soit fier et brave,
Les exploits d'un pacha des chrétiens abhorré.

Souvent même, le soir, sur les tombes muettes
On voit se reposer des couples amoureux

Et, sur le frais gazon ils inclinent leurs têtes

Pour que les morts, sans doute, entendent leurs aveux.

A ces serments d'amour bien des cœurs se réveillent,

Des cœurs qui sur la terre ont aimé tendrement

Et qui depuis le jour où sans cesse ils sommeillent

A leurs amours passés ont rêvé bien souvent !

Ah ! reposez en paix, pauvres ombres aimantes,

Laissez les hommes loin, laissez-les s'égarer,

Vous qui fûtes aussi le jouet des tourmentes

Dormez, dormez en paix, sans rêver, ni pleurer !

RÊVERIE

La source qui se forme aux flancs de la montagne
Comme un fil argenté se suspend aux coteaux ;
Puis, grossissant toujours, traverse la campagne
Et, vassale, à la mer va reporter ses eaux.
Rien n'arrête son cours, elle fuit dans la plaine
Semblable au conquérant qui parcourt ses états,
Et dans ses flots amis mollement elle entraîne
Les fleurs que sur ses bords on foule à chaque pas.

Ainsi comme ce fleuve, au début de ma vie
Sans jamais se troubler mes jours coulaient heureux,
Je souriais à tout mais mon mauvais génie
A changé ce bonheur en un tourment affreux !

Une rose isolée, une fleur solitaire
De son parfum suave un soir vint m'embaumer ;
Ses paroles d'amour ont calmé ma misère
Et pour me faire vivre elle m'a dit d'aimer !

A Mme ***

Madame, votre esprit est vraiment trop heureux ;
Il trouve sans chercher des traits victorieux ;
Avec grâce il vous dicte une fine saillie
Et sait vous inspirer la prompte répartie.
Ajoutez à cela que vos yeux éloquents
Parlent encor plus haut que vos mots si piquants.
Je reconnais aussi que vous savez sourire
Mieux que toute autre femme et je puis bien le dire,

Car vous m'avez souri dans des moments plus doux
Où j'aurais tout donné pour un souris de vous !
Mais pourquoi ces regrets? à quoi sert la tristesse?
A flétrir lentement une ardente jeunesse.
Puisque ces temps ont fui pour ne pas revenir
Je n'en dois plus garder qu'un tendre souvenir !
J'avais juré, pourtant, d'oublier votre image
Mais elle m'a suivi comme un brillant mirage.
En vain j'ai désiré l'oubli pour un seul jour
Je n'ai pu de mon cœur arracher mon amour !

Je n'en finirais pas si ma raison grondeuse
N'arrêtait les élans de ma plume amoureuse.
Revenons au sujet que je me suis tracé
Et laissons le récit de mon bonheur passé.
Je disais donc, Madame, en commençant ma lettre
Que votre esprit est fin, aussi fin qu'il peut l'être.
Je vous disais aussi que vos yeux sont fort doux
Et que tout charme enfin se reconnait en vous.

Une chose, pourtant, que j'oserai vous dire
C'est que vous abusez de votre doux sourire
Pour vous railler parfois d'un homme dont le tort
Fut de vous aimer, vous, d'un amour jeune et fort.
Ce n'est pas généreux ; votre coquetterie
Ressemble trop, madame, à de la moquerie.
Quittez ces airs mutins, ayez donc quelque égard
Pour ce crime si grand qui n'est dû qu'à votre art
Et n'oubliez jamais qu'on doit à l'infortune
La pitié qui console et chasse la rancune.

PHILOSOPHIE

Elle est partie et déjà, j'en suis sûr,
Mon souvenir est bien loin de son âme !
Ah ! son amour qu'elle disait si pur
N'était hélas ! qu'un caprice de femme !
Berthe, crois-moi, je t'aimais de tout cœur
Et pour t'avoir j'aurais fait des folies.
Tu m'as trompé, mais de ma douce erreur
Je suis content, j'aime les rêveries !
Un rêve heureux nous fait croire au bonheur.
Je suis content car je t'ai possédée,

Car sur ton sein j'ai goûté le plaisir !

De ton amour ma pauvre âme inondée

Dans ces moments aurait voulu mourir !

Moments d'amour pourquoi si tôt finir !

Mais, infamie ! un grossier animal

De ses baisers a profané ta bouche.

Qui m'aurait dit que j'aurais pour rival

Un vieux lourdaud au teint noir, à l'œil louche !

Ah ! si ton cœur pour toujours m'est ravi

Va, ne crois pas que trop longtemps j'y pense ;

Bien loin de là, j'aime à changer aussi :

Rien n'est plus doux qu'une folle inconstance.

Il ne faut pas être trop exigeant ;

L'amour fidèle est, ma foi, par trop rare ;

Je sais fort bien que le traitre est changeant

Et d'un baiser, femme n'est pas avare.

Aussi je ris de tes feux inconstants
Et n'irai point vivre dans la tristesse
Tu m'as trompé.... c'est le sort des amants.
Je m'en console en changeant de maîtresse.

MONSIEUR BAPTISTE

Le temps en vain fait blanchir votre tête
Et de son poids vient peser sur vos ans,
Vous paraissez le premier dans la fête
Et le premier vous chantez les amants.
Nulle cruelle à vos yeux ne résiste
Elle sourit à vos mots provoquants,
Ah ! dites-nous, mon cher monsieur Baptiste,
Où prenez-vous vos petits agréments ?

Dans ce village on vante vos conquêtes.

Et chacun dit en vous voyant passer :

Le traitre a l'œil sur toutes nos fillettes

Et dans ses lacs elles vont s'enlacer !...

Vous ajoutez chaque jour à la liste

De vos amours des noms doux et charmants

Ah ! dites-nous, mon cher monsieur Baptiste

Où prenez-vous , vos petits agréments ?

Pour mon malheur, si jamais une brune

Vient m'enflammer d'un amour trop fougueux

Auprès de vous je tenterai fortune

Et sans rougir vous ferai mes aveux.

Peut-être alors en voyant que j'insiste

M'apprendrez-vous quels sont vos talismans

Ah ! dites-nous , mon cher monsieur Baptiste

Où prenez-vous vos petits agréments ?

Quand finira votre galanterie ?

Nous soupirons après ce moment-là !

Nous aimons tous les chants et la folie

Mais pour vous seul on nous délaissera.

Car mieux que nous vous allez à la piste

Et vous prenez bien des cœurs innocents,

Ah ! par pitié, mon cher monsieur Baptiste

N'abusez pas de tous vos agréments ?

A M. A. DE L.

Vous trouvez dites-vous, mon esprit bien futile
Et vous me reprochez mon goût pour le plaisir,
Mon Dieu ! que voulez-vous ? ma morale facile
N'aime pas la contrainte et ne sait pas souffrir.
Aimant la liberté comme l'aime un esclave,
C'est envain qu'on voudrait m'imposer une loi :
Mon cœur indépendant briserait son entrave
Car pour maître je veux ne connaître que moi.
J'aime à savourer un cigare de Havane,

4

A suivre dans les airs sa bleuâtre vapeur,

J'aime son doux parfum qu'adore la sultane

Dans le sombre harem, temple de l'impudeur.

J'aime les fleurs de mai, j'aime la rêverie,

J'aime de beaux yeux noirs, j'aime la volupté,

J'aime la femme enfin, car tout est poésie

Dans cet être charmant rayonnant de beauté.

J'aime les doux récits, les folles castagnettes,

Les nobles marquesas, les brillants cavaliers,

Les nuits pleines d'amour, les alcôves discrètes

Et les galants propos des vaillants chevaliers.

Oui, j'aime les éclats de toute ardente ivresse,

Les Bachiques chansons, les duels, les soupirs

Et le rire strident qui nargue la tristesse

Et se moque de tout, de tout, hors des plaisirs.

En dépit des discours du docte moraliste

Voilà ce qui peut plaire au poète, à l'amant.

Aux yeux de la beauté nul homme ne résiste,

Tandis que tous ont ri des sermons d'un pédant.

La vie est, par ma foi, trop courte et trop rapide

Pour qu'on perde son temps à penser et gémir.

Si les hommes sont faux le vin coule limpide

Et la femme à grands flots nous verse le plaisir.

Qu'un savant plein de zèle, à travers sa lunette

Interróge le ciel et son dôme étoilé,

Qu'il poursuive vingt ans une obscure planète

Qu'on gravera demain sur son froid mausolé.

Mais moi, je n'irai pas pour une vaine gloire

Consumer ma jeunesse en d'arides labeurs,

Et pour tout monument rappelant ma mémoire

Je ne veux qu'un regret, qu'une croix et des fleurs!

AIMONS !

La fauvette, en avril, d'une chanson nouvelle
Egayant le silence et la paix de nos bois,
Sous les bosquets rejoint sa compagne fidèle
Et toutes deux, alors, font entendre leurs voix.
Que disent-elles donc dans leur langue divine,
Dont les accents plaintifs savent si bien charmer ?
— Ce qu'elles disent ?... Ah ! mon âme le devine
Elles bénissent Dieu qui leur a dit d'aimer !
La rose en ce temps là, sur sa tige flexible
Se balance plus belle et son parfum plus doux

Au papillon qui passe et repasse insensible
Parait dire : Cruel ne fuis-pas, aimons-nous !
Aimons ! tel est le cri que pousse la nature,
Aimons ! car sur la terre aimer est le seul bien ;
Le seul auquel chacun peut toucher sans mesure,
Aimons ! car sans l'amour les plaisirs ne sont rien.

TLEMCEN

J'avais marché longtemps ; mon pied infatigable
Laissait depuis Oran sa trace sur le sable,
Et j'avais ce jour là , le bâton à la main
D'El Raël à l'Isser parcouru le chemin .
Le soleil rayonnait, son ardente caresse
Durant ce long trajet me poursuivait sans cesse.
J'étais las ; la sueur avait mouillé mon front
Et je marchais toujours dans un calme profond.
Tout dormait à cette heure, et tout était inerte
Et nul bruit ne montait de la plaine déserte.

Moi seul j'allais, bravant le soleil et ses feux
Et j'étais seul, tout seul sur le sentier poudreux.

Mais soudain, du sommet d'une pente rapide
J'aperçus de Tlemcen la campagne splendide.
Surpris, je m'arrêtai comme le pélerin
Qui voit une oasis à l'horizon lointain.
Mon regard fatigué de la monotonie
Qu'on rencontre partout dans la chaude Algérie,
Tomba plein de bonheur sur le tableau charmant
Que présente Tlemcen à l'aspect souriant.
J'admirais sa beauté, j'admirais l'élégance
De ses blancs minarets dont la flèche s'élance,
Semblant dire à l'Arabe en lui montrant les cieux
Que vers Allah toujours il doit avoir les yeux !
Je restai là longtemps à contempler le site,
Puis je pressai le pas pour arriver plus vite.
J'avançais tout rêveur fixant mes yeux ravis
Sur l'antique cité, sur ses temples blanchis,

Sur ses forts renversés, dont les hautes murailles
Furent témoins jadis de sanglantes batailles.
Aujourd'hui ses remparts et ses tours à créneaux
Gisent dans la poussière, et ses sombres arceaux
Sous lesquels défilaient des soldats innombrables
Ont croulé sous les coups des canons formidables.

Tlemcen ! charmant séjour, ville aux doux souvenirs,
Si dans l'exil la gloire a suivi tes émirs,
Il te reste toujours tes fontaines sans nombre
Et tes jardins riants où l'on respire à l'ombre.
Ton onde a conservé sa clarté, sa fraîcheur,
Ton feuillage à toujours sa suave senteur ,
Et du massif touffu du bois qui t'environne ,
Autour de toi formant une verte couronne ,
Comme dans un bouquet, au milieu d'autres fleurs
Brille un bouton de rose aux charmantes couleurs.
Tu t'élances du sein de ces lieux pittoresques
Avec ta robe blanche et tes maisons mauresques !

On ne rencontre plus dans le carrefour noir
La sultane superbe allant au bain le soir.
Tes sultanes ont fui, mais la vive Espagnole
Remplace la mauresque à la lente parole.
Son œil est aussi doux et plus voluptueux
Lorsqu'il laisse jaillir ses fiers et sombres feux.
On ne voit plus roder la nuit dans tes ruelles
L'eunuque dont les yeux lançaient des étincelles,
Et le sabre du Turc ne remplit plus d'effroi
Celui qui du sultan à méconnu la loi.
Au seuil du Méchouar (*) on ne voit plus les têtes
Avec leurs yeux sanglants se balancer muettes
Et glacer de terreur le pauvre musulman
Qui n'ose murmurer et s'en va tout tremblant.
Non, tout cela n'est plus, rends-en grâce à la France.
Elle a de tes tyrans chatié l'insolence
Et fait comprendre enfin à ton peuple insulté
Tout ce qu'a de grandeur ce mot : *égalité*.

(*) Ancien palais des rois de Tlemcen.

J'étais depuis une heure arrivé dans la ville

Et malgré ma fatigue il m'était difficile

De rester enfermé ; j'aimais mieux aller voir

Le maure industrieux dans son magasin noir ,

L'arabe paresseux , le juif toujours avide,

La mauresque voilée et le nègre stupide.

J'aimais à contempler ces peuples différents

Aux types variés , aux étranges accents ,

Rejetons dégradés des plus antiques races

Dont on admire encore les gigantesques traces.

Le soir je me trouvais sur le haut du Mansour (*)

Admirant les reflets des derniers feux du jour.

Le soleil s'inclinait et dans sa marche lente

Eclairait l'horizon d'une flamme mourante,

La brise m'apportait la voix du Muezzin

Qui priait sur la tour de Sidi-Boumédin ; (**)

(*) Colline qui domine Tlemcen.

(**) Superbe mosquée très vénérée à Tlemcen et dans toute
la partie Ouest de l'Algérie.

Je rêvais ... Et bientôt sur la muraille altière

Je crus de Mahomet voir flotter la bannière.

Les trompettes sonnaient et mille sons divers

S'élevaient de tous points en déchirant les airs.

A la porte de Fez une foule bruyante.

Se pressait en tumulte et sa voix clapissante

Au nom d'Allah mêlait le nom de son sultan

Du valeureux Hamoud qui , peu de jours avant ,

Avait défait Haroudj le célèbre corsaire ,

L'usurpateur d'Alger , le soldat téméraire,

Dont l'orgueil eut voulu , sous son joug détesté

Faire plier Tlemcen la superbe cité.

Après de longs combats et d'horribles batailles

Où la terre frémit jusque dans ses entrailles ,

Les Corsaires vaincus fuirent de toutes parts

Laissant aux ennemis leurs plus beaux étendards.

Le vainqueur revenait.. couvert d'armes brillantes

Il montait un cheval aux narines fumantes.

Il était jeune et beau cet Emir redouté !

Son œil était profond , son altière beauté

Respirait la grandeur, et le sceau du génie
Se montrait plein d'éclat sur sa physionomie.
Derrière lui marchaient des cavaliers nombreux
Soulevant sous leurs pas un nuage poudreux.
Leurs bernous agités mollement par la brise,
Avec grace flottaient comme une voile grise
Et le peuple était là , trépignant de plaisir,
Saluant de ses cris son invincible émir ! _

Le cortège pourtant sous la porte massive
S'avançait.... quand un bruit à mon oreille arrive.
La retraite battait et le son du tambour
Fit envoler soudain mon émir et sa cour.
Mes brillants cavaliers s'évanouirent comme
Un rève trop heureux, un trop charmant fantôme
Et je me trouvais seul, maudissant de bon cœur
Le tambour dont le bruit faisait fuir mon erreur.
Un soupir de regret vient gonfler ma poitrine
Et quand je descendis de la haute colline
Je me disais tout bas: Gloire, puissance, amour ;
Tout cela n'est qu'un songe et dure à peine un jour!

L'OMBRE DU PASSÉ

En approchant des murs si chers à ma jeunesse,
Des murs qui bien longtemps ont caché mes amours,
Mon cœur a tressailli de joie et de tristesse
Car je pensais à toi, toi que j'aime toujours !
J'allais revoir ces lieux que jadis ta présence
Embellissait pour moi de mille attraits charmants ;
J'allais à ce foyer raviver ma souffrance
Et m'enivrer encor de rêves décevants !
J'allais de mon bonheur examiner la cendre,
Demander au passé tous ses doux souvenirs

Et, devant ces témoins, mon âme allait répandre

Ce qui lui reste encor de pleurs et de soupirs !

Mais vainement mes yeux ont recherché la place,

Où je te vis un soir pour la première fois

Lorsque tu m'apparus séduisante de grâce

Et que je crus rêver en entendant ta voix !

Tout avait disparu sous le niveau stupide,

Tout était démoli, tout était dérangé ;

La pierre avait suivi ton exemple perfide

Et mon cœur amoureux seul n'avait pas changé !

A Mme ***

Dante aima Béatrix, Pétrarque chanta Laure
Doux anges qui toujours voltigeaient sur leur front !
Ces noms sont immortels sous leur lyre sonore
Et les siècles futurs par eux les connaitront.

A la cour de Ferrare, un jour Eléonore
Se sentit tressaillir sous le regard profond
Du poète (*) si grand ! qui l'implorait encore
Quand, proscrit, dans l'exil il cachait son affront.

(*) Le Tasse.   5

Ah ! que n'ai-je comme eux une harpe divine
Pour chanter vos attraits, vous devant qui s'incline
Mon âme qui ne sait que pleurer de douleur !

Je pourrais rendre alors ma souffrance éternelle,
Apprendre au monde entier combien vous fûtes belle
Et comment sans pitié vous brisâtes mon cœur !

A UNE MÈRE

SUR LA MORT DE SA FILLE

Elle était belle et pure comme un ange,
Elle croyait à tous ses rêves d'or,
Rien ne troublait son bonheur sans mélange
Et maintenant dans la tombe elle dort !
C'est une peine à nous tous infligée,
Chaque mortel obéit à sa loi ;
Taris tes pleurs, pauvre mère affligée
       Console-toi !

Mère, console-toi car ta fille chérie
De toutes les vertus noblement embellie
    Etait trop pure, hélas !
Pour rester dans ce monde où tout n'est que mensonge,
Où le bonheur constant n'est jamais qu'un vain songe
    Qui fuit devant nos pas !

Elle vivait heureuse et la mort l'a surprise
Car Dieu n'a pas voulu qu'un souffle de la brise
    Ou du noir ouragan
Vint ternir la candeur de son âme ingénue,
Dans le corps le plus chaste à peine retenue,
    Et libre maintenant !

Créé pour habiter les rives éternelles
Un jour cet ange blond a déployé ses ailes
    Et fui loin d'ici-bas,

Pour retourner au ciel , où sa grâce naïve ,
Plus délicate encor que l'humble sensitive,
    Ne se fanera pas !

Qu'eut-elle fait ici , sur cette froide terre ,
Aux plaisirs toujours faux , à la joie éphémère ?
    Ah ! rends grâce au Seigneur
Qui l'a prise encor belle et pleine de jeunesse
Avant que du chagrin la poignante tristesse
    Ait troublé son bonheur !

Laisse donc tes regrets , ta douleur, tes alarmes
Tes sanglots étouffés, tes soupirs et tes larmes
    Plus amers que le fiel ,
Et songe qu'ici-bas tout passe et que notre âme
N'est pas dans son pays, qu'un autre la réclame
    Qu'on se retrouve au ciel !

Elle était belle et pure comme un ange

Elle croyait à toûs ses rêves d'or,

Rien ne troublait son bonheur sans mélange

Et maintenant dans la tombe elle dort.

C'est une peine à nous tous infligée,

Chaque mortel obéit à sa loi ;

Taris tes pleurs, pauvre mère affligée,

      Console-toi !

LES ZOUAVES AU PARNASSE

Vers improvisés à Milan pendant la guerre d'Italie après la lecture
d'une petite poésie adressée aux dames de Milan
par un Zouave.

En croirai-je mes yeux ?. est-ce un songe, est-ce un rêve
Quoi ! du sein des *Zouzous* un poète se lève ?
Non contents de leur gloire acquise en cent combats,
Et des lauriers touffus qui croissent sous leurs pas,
Ces héros dont l'audace a fait frémir la terre,
Aux hôtes du Parnasse ont déclaré la guerre !

Muses... Muses ! fuyez, fuyez donc tendres sœurs
Pour arrêter leurs flots vous n'avez que vos pleurs.
Hélas ! il est trop tard car déjà leur furie
Vient de frapper au cœur l'antique Prosodie !
Apollon, c'en est fait ! ton pouvoir d'autrefois
Est à jamais détruit ; ton arc et ton carquois
Ne pourraient te sauver. Retourne chez Admète,
Au Parnasse ils sont rois de par la bayonnette !

O ! Dames de Milan, avec sincérité
De vos yeux langoureux, j'admire la beauté ;
Je retrouve chez vous les séduisants visages
Dont l'artiste latin a peuplé ses ouvrages ;
Armide est votre sœur, Béatrix parmi vous
Eut pu prendre le jour, vos attraits sont si doux !
Aussi de tous les temps des hommes de génie
Ont chanté la beauté des femmes d'Italie ;
Brillants sont vos succès, mais de tous le plus grand
Est d'avoir fait d'un Zouave un poète galant.

L'INCONSTANCE

Un jour tu vins, bel ange aux yeux brillants,
Pour me promettre une ivresse éternelle ;
Dans tes regards, dans tes souris charmants
Je crus de Dieu voir luire une étincelle !
Et sans regret j'abandonnai mon cœur
Au doux plaisir de vivre d'espérance !
Aurais-je cru que jamais mon bonheur
Devait sombrer devant ton inconstance !

Tu me disais : je t'aimerai toujours
Et je croyais à tes tendres paroles ;
Tu me disais : sois mes seules amours
Et je comptais sur tes serments frivoles.
Ah ! je t'aimais comme la douce fleur
Dont le parfum charmait mon existence !
Aurais-je cru que jamais mon bonheur
Devait sombrer devant ton inconstance !

Ils sont passés ces instants où tous deux ,
Loin des regards , nous écoutions notre âme
Qui s'élevait dans un hyme pieux
Pour que le ciel put bénir notre flamme.
Ah ! tu priais avec tant de ferveur
Qu'en l'avenir j'étais plein d'assurance !
Aurais-je cru que jamais mon bonheur
Devait sombrer devant ton inconstance !

Mais il est dit que tout passe ici-bas ,

Surtout l'amour, ce séduisant mensonge ;

Heureux celui qui ne le connut pas

Car tôt au tard son souvenir nous ronge.

Je sus bientôt par ton air , ta froideur

Qu'à tout plaisir succède la souffrance ,

Tu m'oublias et dès lors mon bonheur

Vint se briser devant ton inconstance !

A Mme ***

En lui envoyant les *Scènes de la vie de Bohème* d'HENRI MURGER.

Ce roman que je vous envoie
Est l'ouvrage d'un écrivain
Qui ne vécut que pour la joie,
Pour les femmes et le bon vin.
Aujourd'hui la mort trop cruelle
A tranché le fil de ses jours,
Mais sa gloire reste éternelle
Et son nom durera toujours.

Il a pour muse la jeunesse

Avec sa folie et ses chants,

Ses doux transports et son ivresse

Et ses mensonges séduisants.

Son cœur partout se fait entendre,

Partout on le sent palpiter,

Et, comme le feu sous la cendre,

Toujours il est près d'éclater.

Dans Rodolphe, il s'est peint lui-même

Alors qu'il adorait Mimi

Et qu'il vivait, joyeux Bohème,

Au jour le jour et sans souci.

Mimi, trop sensible fillette,

Tu payas bien cher ton erreur !

L'orgueil te fit perdre la tête

Et puis tu mourus de douleur.

Ah ! pourquoi trop belle Julie

N'avez-vous pas le cœur aimant

De cette enfant douce et jolie

Qui meurt d'amour pour son amant !

Trop inconstante fille d'Eve

A qui j'avais donné mon cœur,

Pourquoi m'arracher à mon rêve

Et me ravir tout mon bonheur ?

Mais halte-là, car je devine

Que mes deux yeux vont se mouiller,

Et sans effort je m'imagine

Que vous pourriez bien me railler.

LA MORT DE L'AGHA

Nos chameaux harassés cheminaient avec peine
Dans le sable mouvant du désert de l'Elgrhab ;
La chaleur était forte et la halte prochaine
Devait nous voir dormir chez les Beni-Mezab.

Nous venions du Soudan, et notre caravane,
Comme un affreux serpent, déroulait ses anneaux.
Nous apportions de l'or du pays du Foullane
Et des nègres nombreux nous suivant par troupeaux.

6

Nous étions tous heureux, car le très-saint prophète
Avait rendu féconds nos fatigants labeurs,
Et pour notre retour , comme pour une fête ,
Nos frères loûraient Dieu, sans répandre de pleurs.

Car nul n'était resté dans la marche lointaine
Que nous venions de faire en bravant mille morts.
Après plus de neuf mois d'une course incertaine ,
Nous revenions enfin et chargés de trésors.

Nous avancions toujours , quand le chef intrépide
Qui nous avait conduits à travers les déserts ,
Un chef infatigable et que prendrait pour guide
Mahomet s'il voulait traverser l'Univers.

Ben Kadour El Arby, c'est ainsi qu'on l'appelle ,
Poussa le cri d'alerte en invoquant Allah ,

Puis sur son Méhéré (*), plus prompt que la gazelle,
Sans perdre une minute, au galop s'élança.

Pourquoi nous quittait-il ?... de suite nous l'apprîmes
Car l'on apercevait au bout de l'horizon
Un nuage poudreux, et puis bientôt nous vîmes
Des cavaliers marchant comme un blanc tourbillon.

Etaient-ce des pillards de quelque race immonde,
Ou les enfants bénis d'une sainte tribu ?
Etaient-ce ces voilés (**) que Mahomet confonde!
Sur chaque caravane imposant le tribut ?

Cependant Ben Kadour, sur son chameau rapide ,
Avait gagné le front de ces nombreux guerriers.
Après un cour moment on le vit tourner bride ,
Et revenir suivi de tous les cavaliers.

(*) Chameau de Course.
(**) Les Touaregs , tribu pillarde du désert , dont les hommes ont
toujours le visage couvert d'un voile.

Dès qu'il furent plus près, à l'immense bannière
Que portait un Caïd vêtu du bernous vert,
Nous reconnûmes tous la tribu noble et fière
De l'Agha Mohammed le sultan du désert.

Mais où donc était-il, cet Agha redoutable
Il ne paraissait pas devant ses cavaliers,
Lui qu'on voyait toujours, aussi droit qu'un érable,
En tête de son goum, debout sur ses étriers?

Son cheval était là, conduit par un esclave,
Mais sa selle était vide, et le long de ses flancs
Battait son fier damas, qui plus prompt que la lave,
Brillait dans la mêlée au fort des combattants.

Tout à coup mille cris s'élèvent dans la plaine
Comme l'aigle qui part dans un puissant essor.

Tous pleuraient à la fois ; une terreur soudaine
Vint s'emparer de nous.... Mohammed était mort.

Au milieu de ces pleurs , une voix plus plaintive
Avait des sons plus doux et remplis de douleur ,
Des sons qui s'exhalaient d'une bouche naïve
Dont les tristes accents nous déchiraient le cœur.

C'était le fils du chef qui pleurait sur son père,
Qui jurait d'immoler ses laches ennemis
Aux manes du guerrier dont le lourd cimeterre
Fesait, sous leur turban, trembler les plus hardis.

« Ah ! pleurons, criait-il , pleurons l'homme intrépide
« Dont le nom fut l'orgueil, la gloire du pays.
« Nous ne le verrons plus, sur son coursier rapide
« S'élancer le premier sur les chrétiens maudits.

« Nous ne le verrons plus dans la bataille ardente

« Animer de la voix ses farouches guerriers,

« Non, nous ne verrons plus sa dague étincelante

« Renverser comme un mur des bataillons entiers.

« Comment donc a-t-il pu fermer dans les ténèbres

« Ses yeux remplis d'éclairs à la fauve lueur ?

« Allah ! c'était écrit ! mais pour fêtes funèbres

« Il nous faut dans le sang noyer notre douleur.

« Son vainqueur, c'est bien sûr, l'a frappé par derrière,

« Car jamais un guerrier n'eut pu dans les combats

« Résister au tranchant de sa lame meurtrière,

« Et de son fier regard soutenir les éclats.

« Ah ! tant que l'on verra dans les tribus nomades

« Les hommes pour causer se rassembler le soir ,

« Au lieu des doux récits, des folles sérénades
» On pleurera le chef qu'a touché l'ange noir.

« Qui pourra maintenant nous conduire à la guerre ?
« Quel est l'audacieux qui voudrait remplacer
« Celui qui de son nom a su remplir la terre ,
« Celui dont les exploits ne pourront s'effacer ?

« Qu'il était beau , surtout , lorsqu'après la mêlée
« Il essuyait son fer encore rouge de sang,
« Sur la crinière noire , affreuse , échevelée
« Qui couvrait jusqu'au pieds son coursier du Soudan !

« C'en est fait ! il est mort, emportant dans sa tombe
« Le flambeau lumineux dont les brûlants rayons
« Inondaient de clarté son douar qui succombe
« Privé du chef hardi le lion des lions.

« Ah ! si dans les combats il était implacable ,

« Les pauvres savent tous s'il était généreux.

« Il fut leur protecteur et son cœur charitable

« Ne resta jamais sourd aux cris des malheureux.

« Mais nous te vengerons, et pour tes funérailles,

« Penchés sur nos coursiers, le sabre dans la main ,

« Contre tes ennemis; dans d'horribles batailles,

« Nous verrons si ton nom est écrit dans leur sein ! »

— Ainsi parla son fils. Sa parole fièvreuse

De nos cœurs attendris fit vibrer les échos ;

Nous versâmes des pleurs sur la fin malheureuse

De ce puissant Agha, de ce vaillant héros.

Puis tous au même endroit nous dressâmes nos tentes,

Et durant cette nuit nous ne dormîmes pas.

Le phophète entendit nos prières ferventes
Pour celui que venait d'enlever le trépas.

Le lendemain à l'heure ou le soleil se lève
Le góum de Mohammed, après de longs adieux,
Disparut, nous laissant comme si dans un rève
Nous avions vu la mort nous saisir aux cheveux.

Mais bientôt de nos cœurs s'en alla la tristesse
Car nous vîmes au loin le doux pays du Tell ;
Et ces lieux regrettés, chers à notre jeunesse,
Où nous allions dormir sous le toit paternel.

SI VOUS VOULIEZ !

Si vous vouliez , ô vous que ma pauvre âme
Poursuit toujours de ses cris de douleur !
Si vous vouliez de votre amour de femme
M'aimer un peu pour rajeunir mon cœur :
Je chanterais votre beauté divine
Et vos attraits toujours multipliés ;
Vous deviendriez une autre Fornarine
    Si vous vouliez !

Mon luth, hélas ! et bien craintif encore
Et ses accents sont peu mélodieux ;
Mais pour avoir une muse sonore,
Un mot de vous et je m'élève aux cieux !
Oui rien qu'un mot, avec un doux sourire
Et mon génie ardent et sans rival
Comme Byron fera frémir la lyre ,
Et votre nom n'aura jamais d'égal !

Que faut-il donc pour créer un poète ?
— Un cœur sensible et qui rêve souvent. —
Mon cœur est plein d'une flamme secrète
Et c'est à vous de le rendre éloquent.
Que votre amour illumine ma vie,
Que votre doigt me montre le chemin
Et vous verrez la tendre Poésie
En flots brûlants s'échapper de mon sein.

Soyez pour moi la beauté qui rayonne,
Soyez l'amour, soyez l'enivrement

Et je saurai, d'une verte couronne ,

Ceindre à jamais votre front si charmant !

Mais c'est en vain que mon cœur vous appelle,

Vous me laissez me traîner à vos pieds,

Et cependant vous seriez immortelle

      Si vous vouliez !

JUANITA

Connaissez-vous la jeune fille
Que l'on admire à Puycerda ?
C'est un ange au regard qui brille,
C'est la brune Juanita.
Par le grand saint de Compostelle !
Par le Paradis et son roi !
Chacun se damnerait pour elle
Mais elle se damne pour moi.

Car elle m'aime à la folie
La belle enfant de Puycerda ;

Jeunes et vieux chacun m'envie
Juanita, Juanita !

Il faut la voir lorsqu'elle danse
Le fandango capricieux,
Comme avec grâce se balance
Son corps souple et voluptueux !
Quand dans mes bras elle tournoie,
Je sens toujours avant la fin
Craquer son corsage de soie
Sous les bonds ardents de son sein !

Car elle m'aime à la folie
La belle enfant de Puycerda,
Jeunes et vieux chacun m'envie
Juanita, Juanita !

Le soir suos, les frais sycomores,
Elle aime à chanter les amours

De ces galants chevaliers maures
Qu'en Espagne on vante toujours.
Respirant la brise ethérée
Je m'enivre à ses doux accents,
Mais bientôt sa lèvre altérée
Me couvre de baisers brûlants !

Car elle m'aime à la folie
La belle enfant de Puycerda ,
Jeunes et vieux chacun m'envie
Juanita, Juanita !

A Mme ***

Quand un homme s'ennuie et qu'il ne sait que faire
Pour tromper la lenteur d'un jour long à mourir,
Par tout moyen possible il cherche à se distraire
Et je l'estime heureux s'il y peut parvenir.
Un tel, selon ses goûts, décroche une guitare
Et se met à brailler sur un ton inconnu
Un morceau d'Opéra. Tel autre à son cigare
Demande les douceurs d'un rêve biscornu.

Moi je suis de ceux-là, j'approuve ce système
Par lequel chacun peut, sans dépenser un sou,
Caresser à loisir tous les rêves qu'il aime
Et planer dans les airs, quitte à devenir fou.
Or donc, puisque ce soir le vent souffle avec rage
Et me tient prisonnier dans mon appartement,
Je m'en vais évoquer une riante image
Et m'égarer encor dans un songe charmant.

Dites, vous souvient-il, inconstante Marie,
Du temps où vous m'aimiez?.... Vous le disiez du moins.
Et moi je le croyais.... amère raillerie !
A tromper mon amour vous mettiez tous vos soins !
Mais que vous étiez belle et comme votre bouche
Savait bien m'abuser quand, tremblante d'émoi,
Sur le moelleux duvet qui formait votre couche,
Vous me juriez sur Dieu que vous n'aimiez que moi !

Ah ! quel homme pourrait dans ces moments d'ivresse
Suspecter la valeur des baisers qu'il reçoit ?

Douter un seul instant de celle qui le presse

Dans ses bras ? au contraire avec bonheur il croît.

Il croit à son amour, il croit que son amante

N'aura pas l'impudeur de l'oublier demain

Et de recommencer cette scène charmante

Avec un inconnu trouvé sur le chemin !

Mais tiens ! je m'aperçois que vous pourriez, madame,

Me trouver insolent et vous auriez raison

Si je ne vous disais qu'en citant une femme

Ce c'est pas à vous que j'ai fait allusion.

Vous ne professez pas une grande constance,

Vous n'êtes pas non plus un symbôle d'amour,

C'est connu, mais pourtant j'ai la ferme assurance

Que vous résisterez pour le moins.... plus d'un jour.

Ainsi donc, reprenez votre divin sourire

Dont mon âme amoureuse aime le doux éclat ;

Pour tout l'or du Pérou je ne voudrais médire
De l'ange que j'aimai quoiqu'il m'abandonnat.
D'ailleurs ces temps sont loin et mon cœur vous pardonne
Vous l'avez torturé mais soyez sans remord :
Si vous êtes légère il sait votre âme bonne
Et cela lui suffit pour vous aimer encor !

Puis la philosophie à mon aide est venue
Pour m'apprendre à souffrir, à vaincre ma douleur.
Quand se courba ma tête elle l'a soutenue
Et c'est elle aujourd'hui, qui fait mon seul bonheur.
Oh ! trop heureux celui qui sait prendre les choses
A leur juste valeur, qui ne se raidit pas
Contre un hazard aveugle et, remontant aux causes,
Laisse les hommes loin et se croise les bras !

Mais tous ne peuvent pas vivre par la pensée
Et toujours rester dans ses hautes régions.

Quand longtemps d'un doux rêve une âme s'est bercée
Avec peine elle voit fuir ses illusions !
Moi je suis ainsi fait et toujours je regrette
Mes amours disparus dont vous vous souvenez
En gros, m'avez-vous dit, vrai style de Lorette
Qui m'a bien fait du mal et vous le comprenez !

Dieu qui créa les fleurs, Dieu qui créa la femme,
La fleur la plus suave, au parfum le plus doux,
Enferma dans son sein un rayon de son âme
Nous permettant ainsi de l'adorer en vous.
Et c'est pour obéir à cette loi divine
Que malgré vos dédains je vous aime toujours.
Nul ne m'empêchera, du moins je l'imagine,
De soupirer pour vous jusqu'à mes derniers jours.

Ce n'est pas que je garde encore une espérance :
Nous sommes, je sais bien, à jamais séparés,
Mais, je ne sais pourquoi, j'adore ma souffrance
Et j'aime à vous revoir dans mes songes dorés.

Montre-là moi toujours, riante Poésie,
Pare-là des couleurs qu'elle n'eut pas du ciel,
Fais-en l'être divin que dans ma rêverie
J'avais cru voir, hélas ! bien plus doux que le miel !

Qu'elle vienne toujours remplir ma solitude
Avec un cœur aimant et des roses au front ;
Qu'elle prenne pour moi la pudique attitude
D'une sœur qui console un désespoir profond !
Ah ! puisse-t-elle enfin, lorsque les ans arides
Auront de ses beaux yeux diminué l'attrait,
Et qu'aura fui l'amour, effrayé par ses rides,
Dire en pensant à moi : Celui-là seul m'aimait !

Si ce regret tardif vient éclore en son âme
Mon cœur tressaillira qu'il soit mort ou vivant
Et quand l'ange de Dieu remplacera la femme
Je voudrai dans le ciel être encor son amant.

Voilà tout mon espoir et tel je le caresse
Dans mes rêves brûlants, dans mes nuits sans sommeil.
Ah ! songe trop heureux, trop délirante ivresse
Pourquoi donc chaque jour fuyez-vous au réveil ?

Mais j'entends le bourdon de l'horloge voisine
Retentir douze fois sur la cloche d'airain.
C'est l'heure où dans le val, parfois Phébé s'incline
Vers le berger qui dort sous un dôme serein.
C'est l'heure où les amours descendent sur la terre
Pour rafraîchir le cœur qui commence à languir,
C'est l'heure où vous aimez, c'est l'heure où ma misère
Me paraît bien plus lourde et me fait plus souffrir !

ÉLÉGIE

Comme un cygne qui meurt, le poète expirant
Lorsque la mort sur lui vient reposer son aile
Et détacher les liens de son âme immortelle
Avec son dernier cri doit exhaler un chant !

Ainsi je chanterai.... déjà l'écho lointain
Murmure faiblement le glas funèbre et sombre
Et j'entends mille voix qui repètent dans l'ombre
Que mon cœur fatigué ne battra plus demain !

Demain j'aurai passé comme le flot changeant

Qui va, vient et revient en renaissant sans cesse ;

J'aurai quitté la terre et ma froide jeunesse

Goutera le repos qu'elle n'eut qu'en mourant !

Amis ne pleurez pas ; ces pleurs de l'amitié ,

En me rendant heureux , augmenteraient ma peine.

Ces larmes qu'en vos yeux la sympathie amène

Sont douces à mon cœur, mais de grâce, pitié !

Pourquoi me plaindriez-vous ?.... N'ai-je pas trop vécu?

En vingt ans j'ai flétri toute mon existence,

J'ai chanté les plaisirs, j'ai pleuré de souffrance,

J'ai combattu l'amour et l'amour m'a vaincu !

Passez devant mes yeux, ô mes doux souvenirs !

Ombres chères venez me rejouir encore,

Venez, et sur mon front que la mort décolore ,

Une dernière fois écoutez mes soupirs !

Viens aussi toi que j'aime et qui fis mes malheurs,
A mes derniers instants tu peut prêter un charme,
Sur mon triste chevet viens répandre une larme,
Je te pardonne, adieu, Marie adieu, je meurs !

NOTES

LE CIMETIÈRE ARABE

Page 31.

C'est à quelques pas d'Alger, sur la route qui conduit à la Maison-Carrée, que se trouve le cimetière arabe. Tout le long du jour on voit des maures assis sous les arbres qui ombragent ce lieu du repos.

Les uns sont là, plongés dans cette extase particulière aux Orientaux; d'autres, réunis en groupe, devisent tranquillement sur leurs affaires, sur leurs plaisirs, et même il n'est pas rare de leur entendre chanter des chansons qui ne sont rien moins que lugubres.

Du reste c'est d'un très joli coup-d'œil, et ma foi, pourquoi s'attristeraient-ils sur la mort? la mort n'est-elle pas pour eux le commencement de la vie ? Les fleurs et les houris ne valent-elles pas mieux que les fades plaisirs de la terre?

Il est vrai qu'avec un peu de bonne volonté on peut trouver tout cela dans ce monde. Mais ici-bas les forces s'épuisent, la jeunesse s'en va, tandis que dans le paradis de Mahomet on éprouve sans cesse une nouvelle ardeur et les désirs sont toujours renaissants. Puis, qui oserait comparer des créatures mortelles aux éblouissantes beautés dont les souris et les caresses attendent le croyant vertueux dans les sept cieux du Prophète ?

Cet usage de faire des cimetières un lieu de réunion est commun à tout l'Orient.

A Constantinople, c'est au grand champ des morts que les oisifs vont se promener soit à pied, ou en voiture, et ils y prennent le café, en admirant à loisir le magnifique Panorama que présente le Bosphore avec ses mille vaisseaux.

Mais il faut avouer que ces nécropoles Turques ne ressemblent en rien aux cimetières des chrétiens. Autant l'aspect de ceux-ci est triste, autant le tableau que présente celles-là est gracieux, je serais même tenté de dire gai et riant.

TLEMCEN

Page 55.

Au seuil du Méchouar on ne voit plus les têtes
Avec leurs yeux sanglants se balancer muettes.....

Chez les Arabes et les Maures comme chez les Turs-
lorsqu'on fesait des exécutions capitales par ordre
des Pachas, des Beys ou du Sultan on pendail les têtes
des condamnés aux portes du sérail du terrible justi-
cier.

Dans le rêve qui termine ce morceau, j'ai fait
allusion a un fait historique que je crois bon de rap-
porter ici :

En 1516, Haroudj, l'aîné des deux frères Barberousse s'empara d'Alger après avoir fait étouffer dans son bain le vieux Ben Témi, cheik de la Mithidja, qui l'avait appelé à son secours, oubliant, sans doute, la mauvaise foi si connue du Corsaire.

Après avoir fait massacrer par ses soldats les principaux habitants de la ville qui auraient voulu, peut-être, rester fidèles à leur ancien chef et s'opposer ainsi à ses projets ambitieux, il attaqua Ténèz et força Tlemcen à se soumettre. Mais, menacé d'être assiégé lui-même dans cette place par les forces réunies de Bou Hamoud le chef dépossédé de Tlemcen et du Marquis de Comarés, gouverneur d'Oran pour le roi d'Espagne, il fut contraint de se retirer devant ses ennemis trop puissants.

Vivement poursuivi, il fut atteint par le roi Maure et les Espagnols sur les bords du Rio-Salado. Il livra bataille mais il fut vaincu et tué d'un coup de pique par don Garcia de Tinéo, au moment où, ne conservant plus l'espoir de reprendre Tlemcen, il franchissait hardiment les lignes ennemies pour effectuer sa retraite sur Alger.

LA MORT DE L'AGHA

Page 65.

Nous venions du soudan, et notre caravane
Comme un affreux serpent déroulait ses anneaux.
Nous apportions de l'or du pays du Foullane,
Et des négres nombreux nous suivant par troupeaux.

Tous le ans le Sahara Algérien est sillonné par plusieurs caravanes. L'une d'elles est celle qui conduit
des pieux Marocains au lointain pélérinage de la Mec-
que.

Les autres sont formées par des marchands des
diverses tribus du Tell, du Sahara et du Touat qui se

se rendent dans le Soudan en passant par Guéléa, Timi-
moun, Insalah, Le Djebel-Hoggar et Aguedeuz.

Elles portent des parfums, du drap, du soufre, des
cotonnades, du fer, etc., etc., qu'elles échangent
contre de la poudre d'or, des dents d'éléphants, des
plumes d'Autruches, des étoffes de lin, du miel et
surtout des Nègres.

Il est assez curieux de connaître d'où proviennent
tous ces esclaves que les caravanes ramènent dans le
nord de l'Afrique pour que je me permette une légère
digression.

Depuis les temps les plus reculés le Soudan a été
habité par des nègres idolâtres appelés Koholanes. Un
jour arriva dans ce pays des hommes blancs, fidèles
sectateurs du Prophète, qui venaient de l'Ouest et
portaient le nom de Foullanes. Accueillis par les maîtres du pays ils les servirent d'abord comme esclaves.
Mais bientôt, plus laborieux, plus intelligents et plus
courageux que leurs maîtres, ils se révoltèrent et, au
commencement de ce siècle, sous la conduite de
Bellou, un d'entre eux, ils arrachèrent aux Koholanes
l'autorité dont ils jouissaient et les maîtres devinrent
les esclaves.

Ainsi que tous les conquérants de l'Islamisme, le
premier soin des vainqueurs fut d'imposer aux vain-

cus le religion Musulmane et Bellou, devenu Sultan, ordonna que tout Koholane qui refuserait de se soumettre aux lois du Prophète serait pris et vendu.

Malgré un ordre aussi rigoureux, beaucoup de nègres ne voulurent pas renoncer à leurs croyances et, pour échapper aux poursuites du Sultan, ils se réfugièrent dans les Montagnes.

C'est là que de loin en loin les cavaliers du roi de Haoussa vont les relancer et les malheureux enlevés dans ces razzias sont ceux qui sont vendus aux caravanes au profit du Sultan.

Le trafic du Soudan est très productif, aussi une foule de marchands arabes y viennent-ils de tous les points en bravant mille dangers.

La réputation de richesse qu'à ce pays est si grande et si ancienne que Mahomet lui-même a dit :

« *El djereb djemel doua el guetran*
« *Ou el feker doua el Soudan.*

« Le remède de la gale des chameaux est le goudron
« Comme celui de la pauvreté est le Soudan.

———

Etaient-ce ces voilés que Mahomet confonde
Sur chaque caravane imposant le tribut ?

Les Touaregs, appelés par les arabes: *Hall-el letame, les hommes du voile,* forment plusieurs tribus très puissantes et surtout très pillardes. Leur cruauté les fait redouter des caravanes qui ont à traverser le Sahara Algérien.

Montés sur des méhéri avec lesquels ils peuvent faire de quarante à cinquante lieues par jour, ils se répandant dans le désert et vont jusqu'à cent et deux cents lieues de leurs tribus porter la terreur et la consternation dans les douars ennemis qui, ne les attendant pas, se trouvent livrés sans défense à leurs féroces agresseurs.

Dans un certain passage de cette pièce, je me suis inspiré d'une belle poésie arabe, *le chant de mort du Général Mustapha Ben Ismaël* qui, à la tête des Douairs, combattit longtemps dans les rangs de l'armée Française et lutta contre l'influence d'Abdel Kader pour lequel il avait une haine implacable.

Comme il passait dans le pays des Flittas en revenant d'une expédition dirigée contre l'émir, il tomba dans une embuscade ennemie et fut tué en se défendant comme un lion malgré son âge avancé.

Cette poésie composée, je crois, par un des cavaliers du général, est admirable d'élévation et d'énergie.

Elle est empreinte de cette grandeur sublime que l'on
retrouve toujours dans les poésies primitives et surtout chez les poètes Orientaux.

Je la reproduis ici en entier :

« O malheur ! le fils de Mustapha se jette éperdu
« au milieu du goum, il parcourt les rangs des cava-
« liers et ne voit plus Mustapha, Mustapha le protecteur
« des malheureux!

« Il parcourt les rangs des cavaliers et demande
« son père. Hélas! l'homme héroïque, celui dont
« l'ascendant maintenait la paix dans les tribus a
« quitté pour toujours la terre et nous ne le verrons
« plus!

« Lorsqu'il s'élançait à la tête des goums sur un
« coursier impétueux, l'animant des rênes et de la
« voix, les cavaliers le suivaient en foule.

« Pleurons le plus intrépide des hommes ; celui que
« nous avons vu si beau sous le harnais de guerre,
« fesant piaffer les coursiers chamarrés d'or, pleurons
« celui qui fut la gloire des cavaliers.

« Tant que les hommes se réuniront, ô Dieu misé-
« ricordieux, ils verseront des larmes sur son trépas,
« ils passeront dans le deuil les heures et les années.

« Braves guerriers, poussez des gémissements

« unanimes sur cette mort si soudaine qui a fermé
« pour vous les portes de l'Espérance.

« Comment est-il tombé dans les ténèbres de la mort
« lui si brillant de gloire, laissant ses amis dans l'afflic-
« tion ? Ah ! quelle blessure pour vos cœurs! Il ne
« s'élancera plus à notre tête au jour du combat.

« Guerriers, pourquoi vous rassemblez-vous ? Qui
« pourrait avoir aujourd'hui la prétention de vous
« commander, d'égaler celui qui remplit le pays de
« la renommée de ses hauts faits?

« Souvenez-vous du jour où i' fut appelé à Fez par
« ordre du Chériff; comme il brillait parmi les grands
« de la cour, plus grand par ses belles actions que tous
« ceux qui l'entouraient.

« On reconnut en lui le sang de ses nobles ancê-
« tres et pour le lui témoigner le Chériff le combla
« d'honneurs.

« Présents de toutes sortes, chevaux richement
« caparaçonnés qui semblaient composer à son cour-
« sier une escorte d'honneur, on lui offrit tout ce qu'il
« pouvait désirer.

« Qu'il était beau dans l'ivresse du triomphe lors-
« que sur son noir coursier du Soudan à la selle

« étincellante de dorure il apparaissait comme le
« génie de la guerre ou le Dragon des combats.

« Souverain dispensateur de la justice éternelle, tu
« nous l'a enlevé et cette mort, ô mes frères, rend
« intarissable le fleuve de nos larmes.

« Contemplez ces armes, ces nobles dépouilles et
« devant ce spectacle de désolation vos yeux se con-
« sumeront dans les pleurs.

« Comme les rameaux de nos jardins se désséchent
« après voir fleuri, de même dans ces temps malheu-
« reux les vents et la tempête l'ont emporté dans leur
« tourbillon.

« Il fut la gloire de notre époque, mais l'éclat de sa
« maison a pâli et disparu depuis qu'il a mêlé sa pous-
« sière, à la poussière des cavaliers qui l'ont précédé
« dans le tombeau.

« Il ne reste plus personne qui puisse remplacer
« le lion et ses amis consternés n'ont plus de force
« que pour remplir la contrée de leur désolation.

« Dieu est témoin que Mustapha Ben Ismaël fut
« fidèle à sa parole jusqu'à sa mort et qu'il ne cessa
« jamais d'être le modèle des cavaliers.

TABLE.